诗韵拾光

SHI YUN SHI GUANG

汤学汉 —— 著

沈阳出版发行集团
沈阳出版社

图书在版编目（CIP）数据

诗韵拾光 / 汤学汉著 . -- 沈阳 : 沈阳出版社，
2025.2. -- ISBN 978-7-5716-4727-8
Ⅰ . I227
中国国家版本馆CIP数据核字第202575R724号

出版发行	沈阳出版发行集团 ∣ 沈阳出版社
	（地址：沈阳市沈河区南翰林路10号　邮编：110011）
网　　址	http : //www.sycbs.com
印　　刷	长沙市精宏印务有限公司
幅面尺寸	170mm×240mm
印　　张	14.5
字　　数	180千字
出版时间	2025年2月第1版
印刷时间	2025年2月第1次印刷
责任编辑	张晓薇
装帧设计	云上雅集
责任校对	张　晶
责任监印	杨　旭
书　　号	ISBN 978-7-5716-4727-8
定　　价	78.00元

联系电话：024-24112447　024-62564939
E – mail：sy24112447@163.com

本书若有印装质量问题，影响阅读，请与出版社联系调换。

序　言

时光流去随风散
诗韵拾来与墨存

文／唐吉虎

与其他的国家相比，中国人的爱诗之情是冠绝全球的。中国文学起源于诗，在中国五千年的文化中，诗这个单一的文体就主导着中国文学数千年，而唐诗宋词更是把中国的诗文化带到了一个巅峰时刻，独领风骚数百年。时代辈有能人出，各领风骚数十年，数千年的诗文化成就了无数的优秀诗人，创作出了无数的经典诗作留存于世。

国人爱诗歌，无非是诗歌能够更好地表达人的情感，展示人的思想。可以说每一首诗都是一扇诗人内心世界的窗，透过它，我们能窥见那些细腻的情感、深刻的思考以及对生活的独特感悟。《诗韵拾光》是汤学汉先生的另一本新诗集,与其它几本已经出版的诗集不同的是,《诗韵拾光》则是汤学汉先生用诗歌把他的精彩人生做了一个剪影。

汤学汉先生是一个优秀的诗人,他写的诗歌,题材广泛,每一首诗歌都是在用心创作,反复打磨。他的诗集,犹如一幅绚丽多彩的画卷,翻开诗集,一幅幅画就徐徐展开在读者眼前。打开画卷,我们能看到的画卷里,有充满工业气息的喜三洋厂区;有宁静悠然的乡村田园;有气势磅礴的自然山水,有饱含深情的人间烟火。每一首诗,都是诗人在用细腻的笔触勾勒出生活的方方面面,让我们感受到生活的多元与丰富。

在这个文学落寞的时代,人们往往似乎更刻意地去追求一种物质的满足,精神的追求已经变得可有可无了,而汤学汉似乎是一个另类,算得上一个对文学、对诗歌痴迷的人。他从农村到军营,再从军营到农村,然后乘着改革之风来深圳创业,坎坷人生路,此情终不改。一路前行,诗与文携手相行。汤先生务实,先有生活,后谈梦想,在诗人之前,他很明白,自己要先做好企业。因此,务实的汤先生,诗歌也充满了生活的气息。喜三洋五金厂是汤学汉先生创办的一个企业,企业是他的财源,也是他创作的源泉之一,单调枯燥的厂区在他的笔下,也会变得诗情画意起来:

一首《锌合金的璀璨之旅》生动地描绘了锌合金在生产过程中的奇妙转变。

锌合金
与压铸机联姻拥抱
开启一场奇妙的冒险
经受起四百多摄氏度的高温考验
锌锭，如雪花般融化成希望

在这首诗里，诗人以形象的比喻，将工业生产中的平凡场景赋予了鲜活的生命力，文字描述的是普通的金属加工工序，品读之后，觉得其意深远。一件件工业产品的背后，是工人劳作的艰辛以及产品里承载着工人对生活的渴望。

有情怀的人有情调，诗人对厂区的环境布置也别具一格，拥挤的厂区，居然侍弄了一个龟池。龟池里的乌龟都是大爷，无忧无虑，时而探头缩头，享受着厂区里独属于它们的慢时光。"卸下工装越龟池，喜看寿龟漫步前"。快节奏的工人与慢时光憨态十足的乌龟，共处一方天地，毫不违和，瞬息之间，给紧张的工业氛围增添了一抹宁静与和谐的色彩。

《龟池闲趣》

它们爬上晒台

在阳光下

闭目养神

仿佛在为下班的队伍

示范忘却疲劳的样板

汤学汉先生爱工人，有责任，敢担当，《责任之光》《挫批锋之光》等篇章，把企业的人文思想、企业管理团队的责任、企业追求卓越的精神风貌，融进了诗歌当中，读诗的时候，我们也读到了一个人，一个有思想的人，带着一群有担当、有信念的人在为美好生活努力奋斗。

诗中有工作，同样有生活。汤学汉的诗充满了平凡人的生活气息，在这本诗集里，我们能跟着诗人的文字看到美丽的自然风光。

《乘索道缆车》

一条索道从山脚延伸到山顶

又从山顶下降到山脚

几经来回

将无数的心潮涌起

而又回复到脚踏实地的境界

短短几行诗，读者似乎便如身临其境，体会到了游客那种与大自然亲密接触，以及乘坐索道缆车时紧张起伏的心绪。那是一种奇妙的感受。

她穿着一条洁白的连衣裙

从三洲田走来

带着风，披着两岸的青山绿叶

在坪山的土地上

宛约飞舞，像脉管里的血液

喷涨着，汇入诗意坪山

诗人工作在坪山，生活在坪山，在坪山耕耘数十年，诗人喜欢坪山，一首《坪山河》，便能看出诗人对坪山的深厚感情。坪山河是一位身着洁白连衣裙的仙子，轻盈地舞动在这片土地。

家国情怀似乎是诗人们的一种共情，汤学汉先生同样也对家乡饱含深情。

《一碗衡阳米粉》

它盛装着家的味道

千丝万缕的粉条牵扯着儿时的回忆

幻灯片似的在我的神经系统重播

写的是米粉，记的是诗人对家乡的深深眷恋，那是一种融入血液、刻入骨髓的情感。每每想起，便能勾起儿时的种种回忆，让远在他乡的游子心中涌起一股浓浓的乡愁。工厂成了家，家中成了办公室，在汤学汉的心里，他已经分不清哪里是厂，哪里是家。"厂家"若增加一个释义，恐怕应该理解成"工厂企业主的家"。他家门前的一棵榕树，被对家充满深情的诗人写成了诗。

《榕树》

仿佛是为劳动者挡风遮雨的太阳

榕树的可爱，就像长满胡须的帅小伙

根根垂询土地的心语，也许是你对乡愁的诠释

一棵阔叶榕，不仅为工人们提供了工作后的片刻休息，更是感受到一种在大树底下好乘凉的心情。树下思乡，榕

树不再是树，而是一口思念家乡的源泉。诗人通过对榕树的细致观察，真情描绘，将乡愁具体化，让读者能够真切地感受到那份对家乡的思念之情。

诗品如人品，一个成功的诗人，作品不仅有风花雪月，也有思乡爱国，还会有人生哲理。

《钓》
鱼不服
与钓打起官司
鱼钓各持一词
难辨是非
然法官曰：
钓者无鱼，鱼者无钓
鱼何食之
故清廉者守住心免其贪
同出一辙

诗歌诙谐有趣，内涵丰富，表达了诗人对廉洁自律、不贪不占的欣赏，育人之理，尽在字里行间，振聋发聩，引人深思。

自古雅人多爱竹，写竹的人不少，画竹的人亦多，汤学汉写竹，由形及韵，又别开生面，让人耳目一新。

《竹韵》

> 竹子是空心的
> 却有着坚韧不拔的性格
> 他对每一次成长
> 都会留下一节一节的印记
> 与世间打个未了之结

"雪压腰弯头不低,重冰初解奋霜蹄。赤身无敌亮丹节,不屑凡人畏寄栖。"竹之坚韧,竹之亮节,本就是一种对人生的启示,谁人生活无困难?谁人不会遭遇挫折?人生贵在保持坚韧不拔的精神,能团结协作,坚守自己的品格。

汤学汉先生的诗歌是成熟的,读他的诗,很有感染力,写作手法独具一格,颇具特色。他善于运用形象的比喻、生动的拟人等修辞手法,把一首首诗歌写得更加生动有趣,富有感染力。比如在《锌合金的璀璨之旅》中,将锌锭的熔化比作雪花在融化;将锌合金件比作榫卯合成轴心的关键部分;在《坪山河》里,诗人把坪山河作了拟人化处理,穿城而过的河成了一个穿着洁白连衣裙的仙子;等等。这些修辞手法的运用,不仅让诗歌所描绘的对象更加鲜活,也更能打动读者的内心,让读者能够更加深入地理解诗人所要表达的情感和思想。

　　曾经有一位资深的诗人说过，一个有成就的诗人，如果没有做过古体诗，或者不懂格律诗，那还不能算是一个完美的诗人，或者说没有完全领会诗歌的精髓，不配称诗人的。此言自然是一言否决，有些绝对，不过细品之下却也有几个道理，不懂传承，情何以堪？不继承优秀，何言于超越。恰好，汤学汉不仅新诗做得好，古诗也不错。汤先生的诗词造诣，亦让其名声在外，去年曾有一个家族重修宗氏祠堂，就邀请汤先生执笔写对联，由此可见，汤先生在韵律方面的成就非同一般。

　　诗歌，自古以来，诗就是歌，要不然李白也不会忽发感慨"李白乘舟将欲行，忽闻岸上踏歌声"，到底岸上是汪伦踏脚为拍还是行为踏步伴歌？但至少证明一点，诗从来就是唱的，《诗经》里的诗哪一首不是唱的？所以，诗人多通律，恰好，汤学汉这位诗人又是一个民乐演奏家。诗人在音乐上也颇有建树，爱音乐的诗人，在新诗创作上，亦力图使诗能读能咏还能唱，特别注重诗的韵律感。他的《乘索道缆车》《晨笛》等诗中，诗句的长短相间，音节的轻重搭配，使得诗歌在诵读时能够产生一种独特的韵律感，仿佛是一首首悠扬的乐章，在读者的耳边奏响。

　　《诗韵拾光》这本诗集，是汤学汉先生多年来对生活观察、思考与感悟的结晶。读这本诗集，让我们感受到了工业与自然、城市与乡村、远方与家乡的碰撞与交融。在这里，我们既能领略到现代工业生产的魅力，又能陶醉于大自然的壮美景色；既能体会到游子的浓浓乡愁，又能汲取到人生的宝贵哲理。

曾有人说，最容易写的是诗，最难写的也是诗。前者是对诗一无所知，后者是对诗充满敬畏，而我是认同后者的，诗难写，更难读，读书需用心。作者要用心去写，读者要用心去读，诗是直白的，同时也是含蓄的。读诗，既要直译，也要意译，读表面文字时，揣摩文字后面的意味，亦即诗之意境。汤先生这本选集中的诗，犹如其诗集名《诗韵拾光》，我们在读诗的时候，能够慢慢感受在岁月中拾光，在时光中感悟诗韵之光。最后，祝愿读者通过诗歌，在这个快节奏的时代里，享受着自己的一份快乐时光。

（唐吉虎系中国作家协会会员、新宁县作家协会副主席。）

目录 CONTENTS

第一辑　永远的家乡

心中彩虹……………………………………………002

乡村趣事……………………………………………004

面对蒸水河…………………………………………006

尧治河（组诗）……………………………………008

一碗衡阳米粉………………………………………012

汤家湾的老屋………………………………………013

伊山寺（组诗）……………………………………014

鸡鸣冲，我的家乡…………………………………027

又呷衡阳米粉…………………………028

陶关风情……………………………030

忆港子口……………………………032

铁子塘………………………………034

台源镇的画卷………………………036

永明村（组诗）……………………038

八拱桥村（组诗）…………………050

两路口的象山（组诗）……………057

台源镇两路口（组诗）……………061

种田的汉子…………………………071

琼瑶祖居兰芝堂游…………………072

天伦之乐……………………………074

念乡…………………………………076

水稻…………………………………078

山溪记………………………………080

雨记…………………………………081

岳沙脊上的思念……………………082

中洲岛晨笛…………………………084

夕阳之舞……………………………086

故乡的呼唤……………………………………088

乡思漫漫……………………………………090

石鼓书院之思………………………………092

家乡，心中的暖……………………………094

石鼓书院的印记……………………………096

夜游衡阳湘江………………………………098

南岳祝融峰之悟……………………………100

文联盛会之悟………………………………102

雁归衡阳……………………………………104

衡阳，时代的交响…………………………106

第二辑　南方的诗意

乘索道缆车…………………………………110

坪山河………………………………………112

汕尾金町湾…………………………………114

榕树…………………………………………116

深中通道今开通……………………………118

篇目	页码
黄豆窝客家古围遗址	120
增城畲族村	122
手啤机韵	124
小工匠	126
钻孔与攻牙机	128
工厂的秉承	129
工厂那些人	130
西溪古村的香与茶	132
元妙观	134
诗意坪山	136
叶秀珍：东纵的烽火英雄	138
飞云峰上笛声绕	140
马峦山郊野公园（外二首）	142
下浪村的溪流	146
六月的雨	148
松山湖笛声扬	150
罗浮山麻姑仙度假山庄	151
冲虚古观，岁月的吟唱	153
喜三洋厂区随笔（组诗）	155

第三辑　诗茶雅韵

遇见风遇见你……………………………………162

钓………………………………………………164

牵着小狗去练笛………………………………166

牛………………………………………………168

夜………………………………………………169

晨韵……………………………………………170

竹韵……………………………………………172

那年的书信……………………………………174

我遇见你………………………………………176

蓝莓……………………………………………178

沉默的时光……………………………………179

想你在梦里……………………………………180

晌午的雨………………………………………182

浓茶浅读………………………………………183

边城诗意（组诗）……………………………184

铜仁大峡谷（外一首）………………………189

芳华……………………………………192

香………………………………………194

立秋……………………………………196

《梅花三弄》的回响…………………198

马鞍峰…………………………………200

龙中间…………………………………201

聆听自然的旋律………………………203

后　记…………………………………205

第一辑 永远的家乡

心中彩虹

一抹七彩云
在我家祖屋架起一道拱门

我的乡愁
顺着这道上天垂下的拱门
鱼贯而入
田野铺开宽阔的胸怀
让我无限度地陷进

荷花鲜艳如洗
绿伞上水珠滑落
如若跳跃的琴声
池塘锦鲤喜跃欢腾
吾心狂醉

生活如同云彩
有风有雨也有晴
有顺境逆境，有忧愁有喜乐
唯有乡间的小路弯弯曲曲的
像妈妈的脐带
将我牢牢地拴在家乡

乡村趣事

走在乡间的路上
像一只小鸟
在垂头钓啄久违的土香

舒爽的阳光,沃野的田园
鸟唱,蛙鸣,蝉奏
还有悠闲自乐的鸡鸭
它们在为我翻开童年的憧憬

一丘丘荷田
一波波稻香
拍打着我的穴位
让我周身欢畅

我问自己

何时回归田园

在时光里逍遥，与春风对歌

面对蒸水河

蒸水河,有无数条小溪汇入
瞅着原野
莲田一丘连一丘

我站在蒸水河边
面对微波荡漾的河面
泛起的片片粼光
心中浮起无限的思念

想起儿时光屁股
猛子扎水
下河摸虾捡河蚌
如今那些美好仍然无比灼热

蒸水河,这是一条母亲河

家的倒影
永远在它的怀抱里
晃动着我的牵挂

尧治河（组诗）

枇杷熟了

六月，枇杷熟了
密密麻麻地吊挂在绿荫下
像无数颗闪烁着金光的星星

我们爬上车顶踮足向上
小心翼翼地接近晃动的果子
仿佛是在摘取一个开心果
引爆了一场欢笑

公公、儿子、孙子
还有身怀六甲的儿媳
都在望着成熟了的牵挂

脸上升起了喜色

捧着摘下的枇杷

宛如捧着风雨过后的晴天

尧治河村晨笛韵

一条河溪

从山谷中走出

跌跌撞撞有些醉意

一支短笛

在晨风中顿挫悠扬

笛孔飞出尧治河村的故事

依次在音符上蹦跶

一座小山村

温藏着城里人的向往

溪水复印了一幅蓝天白云图

免费送给了游客

游人到此不思归……

尧治河村遐想

青山碧翠千峰秀
云雾缭绕山鸟鸣

偏远的山乡
却过上都市人的生活
别墅,康养中心,星级酒店
在青山绿荫之下
演绎着繁华的气息

山里人的纯朴
被外来文化熏陶得五彩纷呈
也有城里人的喧哗

山里人跳起舞
美腿,像一把剪裁的剪刀
张张合合的,修剪山里人的生活

醉美山村

山路弯弯相连
穿过山洞
向着山外有山的思维迈进

隧道在群山峻岭的心中
暗暗前行
在山里人的心底深处
看到了希望的洞口
衔接尧治河的山和水

一座海拔1600米的山村
穿戴着雨雾
在阳光下若隐若现
这里的村民是凡人也像仙人
酿造出醉意弥漫的生活

一碗衡阳米粉

"呷粉冒"
"来嗦一碗米粉"
像一组动词在口中骨碌碌地转个不停
敲醒我沉睡多年的胃口

一碗米粉
它盛装着家的味道
千条万缕的粉条牵扯着儿时的回忆
幻灯片似的在我的神经系统重播

米粉洁白雅香
融合着家乡的风味,谚语和文化
也寄存着我对家乡的眷恋

汤家湾的老屋

一座老屋
青砖黛瓦
在稻香中延绵千年

汤家湾里故事
从安徽贵池
就像一支雁群
在此歇翅
被这里稻香搂着
忘思归期

从儒学传承的家风
繁衍成朴素的耕读文化
在汤家湾遍地开花结果

伊山寺（组诗）

伊山寺的笛声

在衡阳县云锦峰下
伊山寺静静伫立岁月间
恒伊的笛声穿越时空
三弄的旋律在心头盘旋

寺前溪流潺潺
似在诉说着古老的传言
那悠扬的笛声啊
唤醒了沉睡的思念

音符在山林间跳跃
白云绕山间

月光洒在古老的砖石
笛声装点了梦的边缘

恒伊的才情，笛声的婉转
在这片土地上深深镶嵌
云锦峰聆听着，伊山见证着
让这美妙，永留心间

伊山寺与青龙桥

在时光的长河回溯
晋太元间的香火袅袅升起
伊山寺，静立岁月深处
见证着尘世的风雨和欢喜

青龙桥横跨悠悠历史
青石纹理藏着往昔
桥下的流水潺潺诉说
千年的故事不停不息

寺中的钟声悠悠回荡
敲打着心灵的窗扉

桥上的脚步匆匆或缓
丈量着岁月的距离

伊山寺，青龙桥
是古老的诗行
在2024年8月6日的时光里
依旧散发着迷人的魅力

伊山寺的时光

在衡阳县伊山寺
晒日楼旁，岁月悄然流淌
钓鱼翁的身影，嵌入时光的相框

微风轻拂，山林低语
阳光洒在古老院墙上
钓鱼翁的故事，在心里荡漾

他的鱼竿，挑起岁月的涟漪
湖面倒映着天空的梦想
宁静中，思绪飘向远方

伊山寺的钟声，悠悠敲响
穿越古今，抚慰尘世的繁忙
钓鱼翁的姿态，永恒安详

在这里，时间仿佛静止
唯有心灵，伴着风声飞翔
在这方天地，寻找真谛的光芒

日华峰

伊山寺旁，日华峰高耸
晨曦亲吻它的额头
晚霞为它披上彩绸

岁月在峰石上雕琢
风雨洗礼它的轮廓
故事在峰间悄悄诉说

它俯瞰世间的悲欢离合
静守着千年的寂寞
在时光中，守望如初

古枫

在伊山寺的角落
静立着七棵古枫树
岁月的纹路刻在它们的身躯

阳光透过枫叶的缝隙
洒下斑驳的金缕
微风轻拂,枫叶低语

它们是时光的见证
历经风雨,守望着四季
春的萌动,夏的热烈
秋的斑斓,冬的沉寂

七棵古枫,如同七位老者
讲述着古老的故事
岁月悠悠,诗意永驻

逆流洞

于伊山寺静谧怀抱里
隐匿着神秘莫测的逆流洞

岁月的步履轻轻悄悄
却未曾惊扰它沉眠的梦呓

洞口的青苔郁郁苍苍
默默记录着时光的凝重与沧桑
黑暗之中,仿若有未知的传奇
静候着勇敢无畏的心前来触及

踏入那幽深漫长的通道
仿佛能聆听历史的悠悠回声
水滴坠落,恰似时间的晶莹泪滴
轻轻敲打着寂静而深邃的心灵

逆流洞啊,你是大地珍藏的秘密
坚守着远古洪荒的珍贵记忆
或许,在你悠长悠长的尽头

连接着另一个梦幻般的神奇天地

清风在洞中踯躅徘徊
光芒在洞中躲闪藏匿
我怀揣着敬畏与好奇
执意探寻你未知的边际

伊山寺的逆流洞
你是永恒的谜题
让思绪于你的世界里
纵情地逆流而驰

翠颖阁

在时光的长河中屹立
伊山寺的翠颖阁，静美如诗
八月的风轻轻拂过
带着夏日的余温与梦的交织

古老的寺门，诉说着往昔
岁月的痕迹，刻在木梁与石柱
阁顶的飞檐，指向苍穹

似要拥抱那片无垠的湛蓝

阳光洒下，金辉跳跃
透过窗棂，照亮了尘封的角落
梵音袅袅，萦绕其间
心灵在此刻，寻得了片刻的解脱

翠颖阁外，山林葱郁
鸟鸣清脆，与钟声和鸣
花开花落，四季轮回
唯有这阁，守望着永恒的安宁

它是历史的眼眸
见证了风雨，见证了欢笑与悲愁
它是心灵的归处
在喧嚣的世界里，独留一份清幽

2024年8月9日
我与翠颖阁相遇
感受它的魅力，沉醉在这方温柔

读书台

在时光的深处
衡阳县的伊山寺
读书台静静守候

岁月的风,轻拂而过
仿佛还能听见
昔日学子的吟诵

那古老的石台
承载着梦想与追求
墨香似乎还在空气中逗留
思绪在历史的长河中漫游

阳光洒在斑驳的石面上
照亮了过去的智慧光芒
书页翻动的声音,隐隐回荡
知识的种子,在此绽放

伊山寺的钟声悠悠

伴读书声，穿越春秋
这一方宁静的天地
是心灵的港湾，精神的绿洲

读书台啊，你是岁月的见证
见证了无数求知的眼眸
在时光的洪流中，永不褪色
永远散发着智慧的醇厚

伊山寺的怀想

在时光的长河中徘徊
万劫过后古寺已不在
唯有这青山依旧翠黛
承载着两宋的慈云关怀
沐浴过三唐的法雨飘来

千年岁月匆匆迈
书台仍在风中等待
谁能持那玉笛轻吹
让六朝的月色倾泻而下
满眼的梅花如梦盛开

伊山寺的故事未改
历史的回声在心中徘徊
青山，书台，月色，梅花
交织成一幅永恒的画彩

寺门前的古金钱松

在伊山寺前
古老的金钱松静静站立
岁月的纹路刻在它的树皮上
讲述着悠悠往事

它曾见过僧侣的虔诚祈祷
听过暮鼓晨钟的悠扬
阳光透过它的针叶
洒下一地斑驳的金黄

或许，有许多人在它的荫凉下吟哦
灵感在微风中绽放
或许，有恋人在它身旁立下誓言
爱情如它的根茎般深长

风雨侵蚀，它依然坚守
见证了时代的变迁与沧桑
它的故事如一首无声的歌
在阳光的长河中轻轻吟唱

每一个枝丫，都是一段记忆
每一片针叶，都是一个篇章
古金钱松，伊山寺前的守望者
用坚韧书写着永恒的光芒

双凤井

在衡阳县的宁静角落
伊山寺里藏着双凤井的传说
岁月的青苔爬满井沿
井水倒映着千年的寂寞

那深深的井底
是否藏着双凤的魂魄
每一滴水珠的跳跃
都是它们的轻声诉说

井水清澈，宛如时光的眼眸
看过了风雨，看过了春秋
双凤的故事在水中沉淀
等待着有心人来打捞拼凑

井旁的草木轻轻摇曳
伴着微风，似在低语怀旧
双凤井，伊山寺的一颗明珠
闪耀着神秘，永不蒙垢

鸡鸣冲，我的家乡

鸡鸣冲，我的家乡
青山如黛，绵延远方
秀水潺潺，流淌着岁月的诗行

田园如画，铺展希望
麦浪翻涌，稻花飘香
每一处风景，都是自然的乐章

这里人杰地灵
古老的故事在岁月中传唱
勇敢的人们，追逐着梦想的光

鸡鸣冲，你是心中的宝藏
无论我走到哪里
你的美丽，永远在我心上

又呷衡阳米粉

在异乡的街头徘徊
心却常常飞回衡阳的巷尾

那一碗衡阳米粉
是梦中的馋,心底的念

洁白的米粉在热汤中翻滚
臊子的香气弥漫在晨曦里
酥脆的豆子,鲜嫩的葱花
每一口都是故乡的滋味

回乡的脚步匆匆
只为那熟悉的店家门口

老板熟悉的招呼

邻座亲切的问候

端起那碗米粉
热泪已盈满双眸

呷一口，是儿时的欢笑
再呷一口，是父母的温柔

衡阳米粉，你是故乡的脐带
连接着游子漂泊的心
无论走到天涯海角
你的味道，永远在我心头

陶关风情

在衡阳县台源镇的角落
陶关村民小组静卧紫色岩旁
红泥巴是岁月的印章
勾勒出独特的故乡模样

风,轻拂过这片土地
讲述着古老的故事
紫色的岩,沉默而坚毅
见证世代的辛勤与希望

田埂上,农人的身影忙碌
红泥巴沾满裤脚
那是生活的痕迹
是对大地的深情拥抱

炊烟袅袅，在晚霞中升起
家的温暖弥漫在空气里
孩童的欢笑，老人的安详
交织成乡村的和谐乐章

陶关，你这红泥巴的地方
风情如诗，韵味悠长
岁月流转，心仍守望
这片土地，永远的家乡

忆港子口

在衡阳县台源镇港子口
岁月的痕迹悄悄刻留
曾经的渡口人来人往
蒸河的水悠悠地流

那摇晃的渡船
还有撑篙的老人
蒸水河外前渡
载着希望与离愁

如今渡口或许已不再繁忙
但记忆的影像未曾走样
蒸河的涛声风中的吟唱
都是我心底深情的乐章

港子口你是故乡的符号
是我灵魂深处的依靠
无论时光如何奔跑
对你的眷恋永不消

这里有儿时的欢笑
有青春的梦想飘
岁月变迁情怀不老
港子口永远在我心闪耀

铁子塘

在山的怀抱里

铁子塘村民小组安睡

房屋依山而建

像依偎在母亲怀中的孩子

那一口好水井

是大地的馈赠

清澈的井水

映照着天空的深邃

岁月在井沿留下痕迹

水桶的碰撞声

唤醒每个清晨

山风轻抚着村庄

树叶沙沙作响

鸟儿在枝头欢唱

讲述着四季的篇章

铁子塘宁静的角落

生活在这里缓缓流淌

梦想在这里生根发芽

希望在山与井之间绽放

这里有山的依靠

这里有水的滋养

铁子塘，永远的家乡

心中最温暖的地方

台源镇的画卷

在衡阳县的怀抱中
台源镇宛如一颗碧绿的宝石
青山绵延，翠影摇曳
像是大地起伏的诗篇

稻田如镜，映照着天空的湛蓝
微风拂过，泛起层层金色的波澜
溪流潺潺奏响灵动的乐章
清澈的水波跳跃着细碎的阳光

荷塘里，荷花绽放娇羞的笑靥
绿叶田田，簇拥着芬芳的梦幻
岸边垂柳，轻拂着岁月的温柔
与风共舞，编织着时光的缠绵

晚霞染红了天边的云朵
给田野与村庄披上绚丽的婆娑
星辰点点，点亮了静谧的夜
台源镇在自然的环抱中沉睡酣眠

这里，是大自然的调色盘
每一抹色彩都是生命的礼赞
台源镇的风光，如诗如画
永远珍藏在心灵的最深处，永不消散

永明村（组诗）

陈冲村民小组

在青山秀水的怀抱里
永明村陈冲村民小组静静安躺
如一颗温润的明珠，熠熠生光

青山是沉默的守护者
用伟岸的身躯，挡住尘世喧嚣
秀水是灵动的歌谣
潺潺流淌，诉说着岁月的静好

这里民风淳朴，似春风拂面
微笑在人们脸上绽放
温暖在邻里间传递，没有虚妄

古老的故事在时光里沉淀

新的希望在田野上生长

陈冲，你是心灵的归处

让疲惫的灵魂，找到栖息的地方

高冲村民小组

在狭长的山坳里

永明村高冲村民小组，静静伫立

岁月的笔触，勾勒出朴实的轮廓

那是大地与生活的默契交织

山峦环抱，仿佛温暖的怀抱

守护着这片人间的小小天地

炊烟袅袅，如灵动的诗行

在天空中书写着生活的篇章

这里，时光放慢了脚步

每一声鸡鸣犬吠，都是生活的旋律

田地里的希望，在汗水里生长

收获的笑容，如阳光般灿烂

山坳里的人间烟火

是心灵的归宿，是生命的暖巢

在这宁静的角落

爱与温暖，永不消散

塘关村民小组

在永明村的角落，塘关村民小组静静坐落

门前水塘，如一面镜子

映照着天空的湛蓝，云朵的婆娑

水波微漾，似在诉说岁月的故事

那些曾经的欢笑，曾经的歌

后山的松杉树，翠绿挺拔

像忠诚的卫士，守护着这片村落

多型渠道，绕村而过

宛如灵动的丝带，舞动着生活的节奏

水在渠道中流淌，发出潺潺的声响

那是大自然赋予的最美的伴奏

塘关，你是一幅美丽的画卷
有塘的宁静，树的翠绿，渠的活泼
在这里，生活绽放着最质朴的花朵
让人心生眷恋，不愿错过

汤关村民小组

在时光的静谧角落，永明村汤关村民小组悄然伫立
这里，辉煌历史如璀璨星河熠熠生辉

古老屋舍宛如岁月的珍藏册
每一页都诉说着过往的故事
而那书香门第，是文化的摇篮

墨香在空气中悠然飘荡
似灵动的音符，奏响智慧的乐章
曾经，学子们在窗前静静苦读
心中的梦想如火焰般炽热明亮

泛黄的书页，承载着无尽的思考
对世界的渴望在字里行间流淌
这里，文化的气息如春风拂面

温暖着每一个心灵，滋养着希望

汤关，你是记忆深处的文化宝藏
过去的荣耀与梦想在此沉淀
岁月流转，你依旧散发着独特魅力
如一首不朽的诗篇，等待后人续写辉煌

风轻柔地吹过，似在低声诉说
那些被时光精心珍藏的过往
在汤关的土地上，我们沐浴着文化的光芒
汲取力量，向着未来勇敢起航

蒋老屋村民小组

在永明村的温柔怀抱里
蒋老屋村民小组宁静伫立
它安然地坐落在松杉茶桐的绿荫之中
仿佛一颗璀璨的绿色宝石，熠熠生辉

这里，空气清新得如同澄澈的梦境
每一次呼吸，都是大自然慷慨的馈赠
挺拔的松树，如威武的卫士

高耸的杉树，似坚定的哨兵
茶树散发着幽幽的芬芳
桐树摇曳着优雅的身姿

它们交织成一幅绚丽多彩的绿色画卷
将蒋老屋紧紧环绕，密不透风
阳光调皮地透过枝叶的缝隙洒下
斑驳的光影，如灵动的音符，跳动着生活的旋律

微风轻拂，树叶沙沙作响
似在低声诉说着古老的故事
鸟儿在枝头欢快地歌唱
为这片宁静的土地增添无限生机
远处的山峦连绵起伏
像是大地微微隆起的脊梁
蓝天白云相映成趣
宛如一幅绝美的画卷高悬天际

蒋老屋，你是大自然的宠儿
在绿荫的庇护下，绽放着独特的美丽
让我们沉醉在你的怀抱里
感受那一份宁静与祥和
让心灵在这自然的美景中得到洗礼

汤老屋村民小组

在永明村的怀抱里
汤老屋村民小组静静伫立
这里，山青水环绕
如一幅灵动的画卷徐徐铺展

青山连绵，似坚实的臂膀
守护着这片古老的土地
绿水潺潺，像温柔的丝带
缠绕着汤老屋的每一处角落

而那浓浓的汤氏家风家训家规
如璀璨的星辰，熠熠生辉
它们是先辈的智慧传承
是家族的精神支柱

在岁月的长河中
汤氏家风家训家规
如明灯照亮前行的路
教导着后人，秉持善良与正直

传承着爱与责任

汤老屋,你是岁月的宝藏
山青水绕,家风悠扬
让我们在你的怀抱里
感受那份温暖与力量

在这宁静的角落
续写着生活的美好篇章

刘老屋村民小组

在永明村的画卷里
刘老屋村民小组熠熠生辉
迎着东方的朝阳
开启新一天的希望之旅

山水怀抱之中
宛如一颗璀璨的明珠
山峦起伏,似温柔的臂弯
守护着这方宁静的天地

绿水悠悠流淌

奏响自然的和谐乐章

满眼秀色，如诗如画

让人心醉，让人神往

古老的刘老屋

承载着岁月的记忆

在朝阳的映照下

散发着温暖而坚定的光芒

这里，有生活的质朴

有自然的恩赐

刘老屋，你是梦想的港湾

在山水秀色间，绽放光芒

大湾村民小组

在永明村的温暖怀抱

大湾村民小组默默守望

一条河，悠然地在此拐过弯

恰似岁月舞动的绮丽丝带

那优美的弧度
是大自然随性的描绘
河水流淌，涟漪轻漾
似在低语着无尽的故事

留下几多深情，几多挚爱
在这片土地上缓缓沉淀
田舍旁的花朵，静静绽放
如同村民心中的温柔火焰

风，轻轻拂过，树叶沙沙
仿佛在应和着河的低吟浅唱
大湾，你是生活的动人诗篇
在岁月长河中书写温暖希望

这里，有邻里的爽朗欢笑
有亲情的深深牵挂
大湾村民小组，你是爱的温馨港湾
让我们在这湾流之畔，感受美好时光

上永关村民小组

在永明村的静谧角落,上永关安然静卧
青山紧紧搂着你,恰似温柔地包裹
连绵山峦似臂膀,守护这方小角落

清风悠悠灌醉你,携来自然的香波
每缕风儿如诗行,低吟岁月的传说

上永关,自然的娇儿哟
绿树成荫舞婆娑,花草摇曳梦闪烁
田间小路弯希望,通向远方的探索

在这里,时光放慢了脚步
倾听鸟儿把歌唱,感受阳光暖心窝
品味生活的宁静,岁月缓缓不蹉跎

上永关村民小组,美丽画卷一幅幅
青山清风常相伴,光彩独特永闪烁

下永关村民小组

在永明村的温柔怀抱,下永关宛如一颗明珠熠熠
和上永关,似亲密的姊妹与兄弟,紧紧相邻,情谊旖旎

有着相同的经历,岁月的长河中留下深刻印记
那些过往的故事,如灵动的音符在风中轻轻传递
传承着古老的智慧,似璀璨的星辰照亮心底,永不消逝

青山环绕,共赏四季的斑斓美丽
绿水相依,同听自然的动人旋律
下永关与上永关,携手前行
在时光的长河中,书写传奇

这里有淳朴的笑容,有真挚的情谊
共同守护着家园,心与心紧密联系
下永关村民小组,和上永关一起
绽放着属于自己的独特魅力
宛如诗画里的传奇,永远熠熠生辉

八拱桥村（组诗）

河边村民小组

在八拱桥村的角落
河边村民小组静静坐落
地处蒸水河畔
聆听着河水的诉说

悠悠蒸水，如一条灵动的绸带
缓缓流淌，滋润一方
波光粼粼的水面
映照着天空的湛蓝和云朵的洁白

河边的垂柳，轻拂着微风
像是在与河水共舞

村民们的笑声

在河畔回荡，充满生活的喜悦

这里，有自然的恩赐

有岁月的宁静与祥和

八拱桥村河边村民小组

你是蒸水河畔的一颗明珠，闪耀着独特的光芒

让我们在这悠悠蒸水之畔

感受生命的美好

珍惜这片土地上的每一分温暖与希望

茂冲村民小组

在八拱桥村的怀抱里

茂冲村民小组宁静伫立

后有靠山，坚实的脊梁

给予安稳，给予力量

前有水塘，如一面明镜

映照着天空与村庄的模样

一条小溪，从右往左绕村而过

潺潺流水，奏响生活的乐章

这里，有自然的馈赠
有岁月沉淀的美好风光
而那抗日英雄刘鹤洲、上蔚连长
他们的故事在时光中闪亮

他们是勇气的象征
是不屈的灵魂在歌唱
茂冲，因他们而更加荣光
历史的记忆在这里深深埋藏

在这片土地上，我们感受着过往
也憧憬着未来的希望
八拱桥村茂冲村民小组
你是一首写不完的诗，永远芬芳

新堂村民小组

在衡阳县台源镇的角落
八拱桥新堂村民小组，静静坐落
青山如怀抱，将岁月轻裹

守护着这片纯净的生活

溪水潺潺，似温柔的手抚摸村庄
弹奏出自然的乐章，婉转悠扬
负氧离子在空气中飘荡
每一口呼吸，都是生命的滋养

这里，是宜居的天堂
远离尘世的喧嚣与纷攘
心灵在青山绿水中安放
疲惫被微风——涤荡

康养的梦在此生长
岁月也变得宁静而悠长
新堂，你是大自然最美的诗行
让人流连，让人沉醉，永不相忘

讲堂村民小组

台源镇的怀抱里
八拱桥村讲堂村民小组，目光闪亮
坐南朝北，揽尽北国风光

视野里,是岁月的宽广

一座老屋,沉默如智者
传承着记忆的重量
那斑驳的墙壁,古老的房梁
诉说着过往的故事,悠长

民风淳朴善良,如春风拂面
温暖着每一个日子的心房
耕读传家,是不变的信仰
在时光里静静绽放光芒

这里,有大地的深情
有生活最本真的模样
讲堂村民小组,你是心灵的故乡
让我们在喧嚣中,找到宁静的方向

马屋村民小组

台源镇八拱桥村,马屋村民小组
宛如一颗璀璨的明珠,熠熠闪烁
这是一块风水宝地,福泽满布

承载着岁月的深情,梦想的温度

重文重教,是心中永不熄灭的火烛
耕读文化,在时光里静静倾诉
"问字走马屋,借米走马关"的传说
如古老的歌谣,在风中轻舞

这里有知识的力量,如清泉流淌
这里有农耕的质朴,如大地宽广
马屋,你是灵魂的避风港
让我们在尘世的喧嚣中,找到安宁的方向

诗意在这里栖息,希望在这里生长
马屋村民小组,你是永远的守望
用温暖的怀抱,迎接每一个黎明的曙光

马关村民小组

在台源镇八拱桥的怀抱
马关村民小组,如诗如画般美妙
风景秀美,似大自然的瑰宝
前有明堂,后有靠山,安稳而骄傲

物阜年丰，是大地的犒劳

耕读传家之宝，传承永不消

辉煌的过往，如星辰闪耀

"问字走马屋，借米走马关"的典故，在时光中飘荡

那是岁月的沉淀，智慧的火苗

映照着这片土地的富饶与美好

马关，你是记忆的城堡

承载着故事，温暖着今朝

在这里，梦想与希望永不老

生活如画卷，展开无尽的美妙

马关村民小组，你是永恒的歌谣

唱响着幸福，直到天荒地老

两路口的象山（组诗）

红象山

在两路口，红象山静静矗立
如一位沉默的巨人，守望着岁月的流转

传说中，有勇敢的神灵在此激战
红色的火焰燃烧天际，留下这山的奇迹
红色的山体，仿佛燃烧的火焰
在阳光下闪耀着独特的光芒

那是大地赋予的色彩
是历史与自然共同书写的传奇
风在山间穿梭，诉说着古老的故事
每一块岩石，每一棵草木

都承载着时光的记忆

红象山,你是大地的脊梁
撑起一片天空,守护一方土地
站在你的脚下,感受你的雄伟与庄严
心中涌起无尽的敬畏与赞叹

你是大自然的杰作
是人类心灵的寄托与向往
红象山,你如一座永恒的丰碑
在两路口,见证着生命的轮回与不息

黑象山

在两路口,黑象山沉稳伫立
宛如一位神秘的守护者,默默守望

它的身躯黝黑而雄浑
如钢铁铸就般坚实,充满力量
那粗糙的纹理,似岁月刻下的印记
每一道褶皱都藏着一段往事

风在它的身边徘徊低语
讲述着那些被时光掩埋的故事
或许在很久很久以前
这里曾有勇敢的冒险，浪漫的传奇
黑象山见证了一切
却始终保持着那份深沉的静谧

它看着日升月落，四季更替
看着人们在这片土地上欢笑与哭泣
山顶的树木，宛如黑色巨幕上的点缀
在风中摇曳，似在诉说着山的心事

山脚下的岩石，形态各异
有的像沉睡的巨兽，有的像沉思的哲人
两路口的黑象山
你是大自然的杰作
用你的沉默与力量
给予我们无尽的遐想与安宁

白象山

在衡阳县台源镇的角落

白象山静静伫立，如沉默的守护者
岁月在它身上留下斑驳痕迹
却无法抹去它的雄伟与庄重

它像是大地隆起的脊梁
撑起一片天空的辽阔
云雾缭绕时，它若隐若现
仿佛一个神秘的梦境

白象山，你见证了多少故事
古老的传说在风中飘荡

田间劳作的人们，偶尔抬头望向你
从你身上汲取力量与希望
你是自然的杰作，是永恒的存在
在时光的长河中，静静守望
你的轮廓，印在天空的画布上
成为家乡最美的风景

无论我走到哪里，心中总有你的身影
白象山，你是我永远的牵挂

台源镇两路口（组诗）

上街

在台源镇两路口上街

时光仿佛悠然地徘徊

青石板路承载着岁月的痕迹

街边的老屋散发着古朴的韵味

阳光洒在斑驳的墙壁

温暖了巷弄里的故事

风轻轻吹过

带来田野的芬芳和泥土的气息

街头的小店飘出阵阵喧闹

乡亲的笑声在空中回荡

那棵老槐树下
是人们休憩和谈天的地方

孩子们在街头嬉戏玩耍
纯真的笑容点亮了整个街道
老人坐在门口
目光中透着对生活的安详

这里没有城市的喧嚣繁华
却有着最真实的人间烟火
两路口的上街
是我心中永远的家园和依靠

中街

阳光在两路口中街的青石板上跳跃
古老的墙壁讲述着往昔的喧嚣
岁月的痕迹,如一首写在时光里的诗

风,缓缓吹过两路口中街
带着街边小吃的香气
和那若有若无的百年前的烟火味

我漫步在这街道中央

想起儿时穿着木板做成的拖鞋

在街上发出吱吱的音符

响彻整条石板街

看那木质门窗仿佛藏着秘密

每一道木纹都是一段故事

关于祖辈的勤劳，关于生活的谜题

两路口中街与下街连接处

有一座雨华庵

庵前有戏台、凉亭

还有两颗柏树

在这里，或许有过一场美丽的相遇

还有目光交汇的惊喜

如今柏树依在

一抹淡淡的回忆变为乡愁

两路口中街

你是衡阳县岁月长河里的璀璨明珠

我愿用我的脚步和目光

一遍又一遍地，将你深情抚摸

下街

下街的石板路
回响着岁月的跫音
青苔在墙角蔓延
记录着流逝的光阴

街边的老房子
门窗斑驳，故事深藏
烟囱里飘出的炊烟
带着家的温暖和饭香

那棵歪脖子树
守望着来来往往的身影
树下的石凳
承载过无数的笑语欢声

下街的黄昏
夕阳把一切染成金黄
人们的脚步匆匆
走向各自的港湾

夜晚的下街

灯火阑珊处

有梦在悄悄生长

有思念在静静流淌

下街，是心底的一幅画

色彩虽淡，却永不褪色

每当回忆泛起

心中满是温柔的微波

天生码头

在衡阳县怀抱里

台源镇默默低语

两路口中街与下街交汇之处

天生码头静静伫立

回溯往昔岁月

它曾是商贸的通衢

货物在此集散

繁华的景象如诗如画

南来北往的商客

匆匆的脚步不曾停歇

石板铺砌的街面

被踏出一道道凹槽

溪水抚摸着码头青石

冲蚀印痕见证了兴衰与更替

悠悠两路口

岁月在水波中沉淀堆积

晨曦亲吻着水面

晚霞为它披上彩妆

忙碌的身影穿梭

欢笑与汗水一同飞扬

这里有过风雨的侵袭

战火也曾让它历经沧桑

但它始终坚强屹立

承载着希望的重量

如今,它虽不再如昨般繁忙

却依然守望着这片土地

自然筑成天生码头

都铭刻着往昔的辉煌

风吹过，云飘过
它在时光中默默倾诉
愿岁月温柔以待
让码头的记忆永远芬芳如初

柏树村

在两路口的一隅
柏树村民小组静静伫立
青山环抱着屋舍
田野铺展着希望的绿

柏树高大而挺拔
像忠诚的卫士守护着这片土地
风穿着枝叶的缝隙
带来古老而宁静的低语

村中的小径蜿蜒交错
记录着村民踏实的脚步
炊烟袅袅升起

那是家的温暖在召唤

孩童的欢笑在空中回荡
老人的故事在岁月里珍藏
田间的劳作，是生活的旋律
收获的季节，是喜悦的乐章

柏树村民小组
你是一幅淳朴的画卷
在阳光中，永不褪色
永远散发着生活的芬芳

狮山传奇

在衡阳县台源镇两路口
九座狮山如巨灵镇守
传说太古之时，天地初开
神兽争霸，风云乱走

狮乃天庭勇猛之将
受命降临人间护佑
它们选中这方宝地

从此屹立，岁月悠悠

那威武的身姿似铜墙铁壁
每一座都是力量的铸就
鬃毛飞扬，如战旗猎猎
守护着希望，绝不回头

风过山林，似众神低语
诉说着古老的神秘魔咒
狮山之下，生命繁衍不息
传承着传奇，永不休

这片土地，因狮而神圣
每一寸都饱含神话的灵秀
台源镇两路口的狮山啊
你是永恒的诗篇，不朽的画轴

鲤鱼山

在衡阳台源镇两路口
一对鲤鱼山静静相守
那是大地珍藏的风水宝地

故事在岁月里默默驻守

山峦宛如灵动的鲤鱼
仿佛随时准备跃向宇宙
承载着梦想的龙门在前
勇气在时光中静静等候

风轻拂过岁月的额头
草木低语着古老的魔咒
鲤鱼山,你是希望的象征
让心灵找到栖息的渡口

在这里,梦想如鲤鱼般鲜活
向着那未知的远方遨游
在这片神奇的土地上
希望永远不会陈旧

种田的汉子

立春过后
大地穿着翠绿的连衣裙
在微风中起舞

农家的小黄牛
用嘴贴着绿波亲吻
老汉撸起袖子
用锄头在田埂上写生
仿佛是配合小黄牛反刍春天的故事

老汉用汗水当作墨水
书写春天的梦
田野已经铺满了他的遐想

琼瑶祖居兰芝堂游

记得，在情窦初开的季节
我就被琼瑶的言情小说
俘获了
成了她字里行间的一个囚徒

上小学时
常在夜里躲进被窝
打着手电筒
偷尝青春萌动的意念
梦中，常被琼瑶煽起的爱火
蒸熏了一个整夜

我当时只知道琼瑶
也并不知道她的爷爷叫陈墨西
更不知道兰芝堂

还有三弄笛的故事

此刻，我站在兰芝堂前
这里的风
一次又一次翻页着我的回忆
原来我的故乡与这里没有多远

天伦之乐

陪着老丈人,坐在禾圹上说话
菜园地传来孙子辈们
吱吱喳喳的嬉戏打闹声
将几代人融合在一条声线上

太阳从山坳探头
望着我,你,他
以及空旷的田野
一群燕子撩过,带来了春色
带走了所有的忧愁

爷孙的脸上抹上喜气
像一幅绿链
壁挂在泥土上

一双小手轻轻地抚摸着

小脑袋里长出的新观念

一张老树皮织满皱纹

让汗水冲刷成了道道弯

掉了几颗门牙的嘴巴

乐呵呵的,笑成没有障碍物的晚年

念乡

乡村那条羊肠小道
像母亲的脐带，拴住我的血脉
我不管走到哪里
血液里都流淌着乡音

静谧的星夜
月光轻吻窗棂
也吻着我低垂的额头
从脑壳里提走了我的思念
飘向远方

记得两路口的古街
石板铺砌的街面
南来北往的客流，串西走东的商贾
踏出一道道月牙槽

我的感情就陷在凹槽里不能自拔

蒸水河岸
米铺、酒馆、杂货铺
交织起来的繁华和喧嚣
融汇在我的少年里
挥之不去

总觉得
我的童真和家乡的故事
还在乡间等我……

水稻

村外的田野上
我看到大片的水稻长势茂盛
它们的剑叶锋芒毕露
以士兵列阵的姿势
傲然挺立

七月,阳光炽热
村庄每天都挥汗如雨
灌浆后稻穗紧实饱满
它们头颅低垂,向土地鞠躬致敬
感恩泥土不遗余力的供养

从春到夏,水稻的一生很短
浸种催芽,插秧分蘖

抽穗扬花，金黄成熟
水稻的每一种装束
都是村庄的模样

无论何时何地，水稻
看到你，我流浪的灵魂底片上
就会浮现故园那片永不褪色的乡土

山溪记

一道伤痕
将峡谷劈成两边
藤蔓的手
伸到悬崖峭壁的另一边
紧紧地拴住两座山峰
为小溪站岗放哨
仿佛是生怕云彩的滑坡
遮盖住小溪流的欢呼雀跃

雨记

雨随山风
落在荷叶上
像一群跳舞的仙女
凑着美妙的乐章
滴滴答答的
引发了泥蛙的欢畅和鸣
站在屋檐下的老汉
凝视跳动的水花
仿佛是在凝望老伴的银发
随风起舞
雨水已在他俩的爱河
流淌了几十年
将两颗心冲刷得洁白无瑕

岳沙脊上的思念

岳沙脊，衡阳县的骄傲山岗
三百四十米的高度，触摸天空的方向
站在你的巅峰，俯瞰众山小的模样
心中涌起无尽思念，那是对家乡的渴望

风在耳畔轻语，诉说着岁月的过往
远处的村落，如记忆中的画卷一张
田舍错落，炊烟袅袅，那是家的温暖
思念如藤蔓，在心底疯狂生长

岳沙脊的脊梁，撑起一片天空的蓝
云朵飘过，似游子漂泊的梦幻
我思念那熟悉的街道，那亲切的脸庞
思念那片土地上，永不磨灭的希望

青山依旧，绿水长流，家乡在心中驻守
岳沙脊，你是我思念的灯塔，永不休
无论我走到哪里，心中总有你的温柔
那是对家乡的眷恋，一生都在心头

中洲岛晨笛

在武水与蒸水交汇之处
有一座中洲岛,宛如明珠静卧
清晨的阳光轻轻洒落
唤醒了这片绿色的王国

树高林密,枝叶交错
编织出一片宁静的幕布
枝头的喜鹊闹喳喳
欢唱着新一天的开幕

我站在这方宁静的角落
手中的笛子如魔法棒挥舞
悠扬的笛声缓缓飘出
在中洲岛的上空回荡起伏

那旋律，似微风轻拂
抚慰着每一片绿叶每一处泥土
那声音，如流水潺潺
融入武水蒸水的交响画幅

晨练的人们停下脚步
倾听这美妙的音符
他们的脸上洋溢着笑容
仿佛被这笛声带入了梦的国度

中洲岛的晨，如此温柔
笛声与自然共舞的节奏
我沉醉在这美丽的时刻
让心灵在这片土地上永久驻守

夕阳之舞

在中洲公园的一角
一群老人如晚霞般闪耀
退休金是生活的犒赏
晚年时光在此绽放

欢歌跳舞，青春模样
脚步轻盈，节奏欢畅
肌体挥洒着汗水
快乐在心中荡漾

岁月刻下的纹路
藏着过往的故事无数
而如今，他们把日子留住
在这方天地，尽情起舞

不多的时光又怎样
他们要快活五百年的梦想
让快乐自己掌握
让夕阳绽放最绚烂的光

风中传来他们的笑声
那是对生命的热爱在升腾
中洲公园见证着这一切
老人们的活力，永不凋零

故乡的呼唤

在远方的日子里流浪
心似浮萍找不到归向
城市的灯火璀璨如星
却照不亮心底的那方

常常想起故乡的模样
那青山连绵着希望
溪水潺潺流淌着时光
田野里飘来泥土的香

老屋檐下的燕儿呢喃
诉说着岁月的悠长
村口的大树静静守望
等待游子归来的目光

风从故乡的方向吹来
带着熟悉的温暖气息
那是母亲的呼唤在耳畔
那是父亲的沉默在心底

思念如藤蔓疯长
爬满了异乡的每个角落
何时才能踏上归程
拥抱那久违的故乡

乡思漫漫

在岁月的角落徘徊
心向远方那熟悉的所在
城市的喧嚣如潮水涌来
却冲不淡对故乡的爱

记忆中的村庄
炊烟袅袅在云端徘徊
田野的芬芳
是心中永远的依赖

风从故乡来
带着思念的色彩
那片土地的温度
在心底从未离开

游子的脚步漂泊在外

心却系着故乡的那棵老槐

归期未定,思念成海

故乡啊,你是我永远的等待

石鼓书院之思

在时光的长河里徘徊
石鼓书院，已走过千余年的风采
蒸水与湘江交汇，涛声澎湃
微风吹拂，倒映着无垠的蓝天

绿水青山，是你的温柔臂弯
书院静静，掩映其间
我站在潮头，思绪飘远
世界在眼前，心中却念着那方家园

一抹乡音，萦绕耳畔
乡愁如缕，丝丝牵绊
乡情似酒，越陈越醇
在岁月里沉淀，永不消散

石鼓书院，你见证历史的流转
我在你的怀抱，感悟永恒的眷恋
那不变的情怀，如火焰
燃烧着对家乡的无尽思念

家乡,心中的暖

家乡,是岁月深处的呼唤
是记忆里永不褪色的画卷
那熟悉的街道,弯弯的小巷
藏着童年的欢笑和梦幻

田野里麦浪翻涌着希望
河流奔腾着生活的乐章
老树上的鸟巢,守望着归期
烟囱里飘出的炊烟,温暖如阳

家乡的风,轻拂脸庞
带着泥土的气息和花的香
家乡的雨,滋润心房
落下的是牵挂,溅起的是念想

无论我走到哪里，去向何方
家乡始终是心中的暖港
那里有亲人的目光，等待的灯火
是我灵魂永远的归乡

石鼓书院的印记

石鼓书院,岁月的宝藏
悠久历史如史诗般浩荡
文化的脉络,在这里生长
吸引着贤彦,墨客的目光

江上清风,轻拂着过往
西豂之畔,思绪在徜徉
大和提名,闪耀着光芒
朱陵后洞,神秘在暗藏

介崖之上,岁月在守望
高山流水,知音在何方
四十余处石刻,故事在吟唱
每一道痕迹,都是时光的印章

我徘徊在这古老的地方
感受着历史的重量与沧桑
心灵被触动,情思在飞扬
石鼓书院,你是永远的诗行

夜游衡阳湘江

夜,悄然降临
湘江,化作璀璨丝带
一头连着繁华,一头系着宁静
微风拂过树叶,似少女漫舞
连衣裙轻扬,舞动夜的旋律

江面涟漪泛起,波光潋滟
霓虹灯的色彩,如梦如幻
河岸广场,市民轻歌曼舞
欢乐的节奏,奏响生活的乐章

微波荡漾的江面,思绪飘远
游子的心,在异乡流浪
思念如江水,绵绵不绝
何时能归家园,拥抱那熟悉的温暖

湘江的夜，美丽而宁静
心中的家园，永远的港湾
等待游子归来，续写爱的诗篇

南岳祝融峰之悟

踏上南岳的旅程
心向祝融峰攀登
古老的山川，岁月的见证
每一步，都是与历史的相逢

山林如翠海翻涌
清风似诗韵流动
绿树摇曳，奏响自然的乐章
叶间漏下的阳光，如碎金舞动

蜿蜒的小径，诉说着过往
行人的脚步，带着憧憬与希望
那陡峭的石阶，是挑战的方向
每一级，都印刻着勇气的力量

终于，站在祝融峰上
俯瞰着大地与远方
云海茫茫，如梦幻的画卷
山峦起伏，似大地的脊梁

文人的足迹曾在这里徜徉
留下诗篇，千古传扬
自然的壮美与人文的光芒
在这一刻，交相辉映，璀璨辉煌

南岳，你是心中的圣地
祝融峰，你是灵魂的高岗
在这里，感受天地的宽广
在这里，领悟生命的乐章

文联盛会之悟

2024年8月27日，时光铭记
衡阳县，文联大会如璀璨星辰升起
那会场，洋溢着热烈的气息
话语交织，探讨艺术的奥秘

文学的笔触，描绘生活的多彩画卷
诗词歌赋，倾诉着心中的情感
绘画的色彩，晕染梦想的辽阔天地
一幅幅作品，展现着衡阳的魅力
音乐的音符，跳动着情感的旋律
歌声悠扬，仿佛在诉说着故事
舞蹈的身姿，绽放着生命的美丽
灵动旋转，如蝴蝶翩翩起舞

在这里，我们感受着文化的力量

传承与创新,如双翼展翅翱翔
文联盛会,是心灵的相聚之所
思想碰撞,绽放智慧的光芒

每一个创意,都是一颗闪亮的星
照亮前行的路,温暖彼此的心灵
在衡阳县的土地上,艺术之花盛开
绽放出绚丽光彩,永不凋零

雁归衡阳

回雁峰,传说中北雁的归处
那是家乡的方向,心灵的归宿
雁峰寺,千年古刹屹立如初
一千五百多年的岁月,**沉淀**着历史的厚度

历代高僧在此传经布道
智慧的光芒,照亮心灵的航道
"雁峰烟雨",如诗如画的美妙
衡阳古八景之冠,自然与历史相抱

"平沙落雁",潇湘八景的骄傲
自然风光优美,文化内涵在闪耀

以衡阳旅发大会为契机
寿比南山,雁鸣衡阳,奏响新的歌谣

家乡迎来新机遇，活力绽放展新貌

我，在外的游子，漂泊的脚步
亲眼目睹家乡的变化，感慨如潮涌注
那熟悉的街道，焕发出新的光彩
古老的记忆，与现代的气息交汇融合

回雁峰，你是我心中永远的寄托
无论我走到哪里，思念从未凋落
愿家乡如雁，展翅高飞永不落
在岁月的长河中，绽放永恒的花朵

衡阳,时代的交响

在时光的长河中回溯
1950,衡阳建湘柴油机厂崛起
如一颗璀璨的星,照亮工业的路
自主研制,湖南第一台柴油机轰鸣

那是奋斗的乐章,奏响在雁城大地
中南地区,最大的中小柴油机基地
荣耀的招牌,闪耀着汗水与智慧
衡阳,在制造的舞台上熠熠生辉

岁月流转,时代变迁
2021,老工厂迎来新的诗篇
列为历史文化街区,建筑重生
文化传承与升华,开启新的画卷

古老的墙壁，诉说着往昔的故事
车间的角落，藏着岁月的痕迹
这里，是历史与现代的交汇
创意与灵感，在这里碰撞出奇迹

衡阳精神，如燃烧的火焰
勇于创新，开拓未来的航线
坚韧不拔，面对困难永不言败
团结协作，汇聚力量铸就辉煌

制造强市，是坚定的信念
科技与智慧，引领产业的前沿
工厂里的灯火，照亮梦想的天空
衡阳，在新时代奏响奋进的歌

湖南旅发大会，如春风拂面
带来机遇，唤醒沉睡的资源
衡阳，展露出独特的魅力
山水与文化，交融成最美的风景

在这里，感受历史的厚重
在这里，触摸创新的脉动
衡阳，你是时代的交响

奏响着未来，充满希望的旋律

让我们携手，共赴这美好征程
为衡阳的明天，书写壮丽的诗行
在这片土地上，绽放光芒
创造属于衡阳的，新的辉煌

第二辑 南方的诗意

乘索道缆车

一条索道从山脚延伸到山顶
又从山顶下降到山脚
几经来回
将无数的心潮涌起
而又回复到脚踏实地的境界

吊篮,吊装着的感觉
犹如行云驾雾
被云儿托举进入仙境
群山蜿蜒连绵
像身体里的经络,绷紧又松开
仿佛在练习吐纳功

我在飞云顶

睫毛的上方和下方都是云雾缭绕

冷得发抖

轻飘飘地捉住了高处不胜寒的含义

坪山河

她穿着一条洁白连衣裙
从三洲田走来
带着风
披着两岸青山绿叶

在坪山土地上
宛迎飞舞
像脉管里的血液
喷涨着，汇入诗意坪山

片片绿叶，栋栋高楼
还有那宽阔的坪山大道
万木葱茏，山河添秀
杜鹃花散发着芳香
将坪山的青枝绿叶灌醉

东部之城有水乡的灵动

蓝天白云这对孪生姐妹

融合在壁画里

将坪山的天撑得更高

汕尾金町湾

来到太平洋的东岸
汕尾金町湾
跟着海风的悸动——
我们一起跳舞

听风呼啸
看波澜起伏
观海天相映
读渔舟快艇激起层层白雾

坪山文友支支妙笔
把金町湾的故事
写进胸壁里
成为人生中的一幅壁画

风旋，人舞

浪花扑面

邂逅一场不期而至的缘

榕树

在喜三洋工厂大门口
有两棵榕树，仿佛是
为劳动者挡风遮雨的太阳伞

盘根错节的榕树根
就像一幅画
它与土地紧紧相依
宽大的叶子总是向上
吸天地灵气
慧泽八方

榕树的可爱
就像长满胡须帅的小伙
根根垂询土地的心语
也许是你对乡愁的诠释

宽阔的叶片下
鸟儿依偎在你的怀抱
感受家的温馨
忙碌一天的工人
坐在你的膝前
下象棋、打扑克、聊天

榕树
当暴风雨来临
总是用宽阔的肩膀扛着
当灼热的太阳晒得大地发焦
总是用蒲扇似的大手遮挡
在岁月的长河中
将我们紧紧抱住，庇护在你的关怀之下

深中通道今开通

2024年6月30日15时
深中通道开通了
将深圳与中山之间
弯弯曲曲的苦思冥想
裁剪到顺畅的档位

深圳、东莞、惠州
珠海、中山、江门
两大城市群
在一条通道两旁挨着握手

全长24公里的深中通道
像一条大血管
给盼望已久的眼神输血
使双方的眼睛越发明亮

能瞰览对方的英俊和漂亮

时钟的指针不再是
指向堵车的茫然
悄悄地走了半圈
就能测量早与晚的刻度

黄豆窝客家古围遗址

我在石梯上迈步
急转的之字路
延伸到客家人迁徙的足迹

抬步向前
气喘吁吁，汗水
从体内向体外急速奔流

小蝴蝶
穿着黑色连衣裙
在我跟前扇风
我停下脚步
弯腰捡拾散落在路上的故事

在山林深处有一颗许愿树

挂满了红色彩带
仿佛是包扎乡愁伤口的绷带

关帝庙
镇守山崖已有三百多年
关帝文化熏陶下的子孙
像一群鸟，已远走高飞

黄豆窝客家围遗址
静静地坐落在
历史的输送带上
输送着客家人生生不息的精神

增城畲族村

山溪穿过树林
哗啦啦地与叶子对唱
悠扬雀跃

一颗古树
横卧小溪上面
架一座彩虹桥
藤蔓从上面爬过
挂在树枝上
随风招手
好像是在排练一场欢迎仪式

我漫步在畲族村
沿壁道跨过小溪

与鸟语蝶舞撞个满怀

将我绿化成一位路过的神仙

沉迷在松涛之中

手啤机韵

一台带着方向盘的手啤机
穿梭在一个个圆孔里
弯腰捡拾漏掉了的时光

它是工厂起步的原始工具
从它发声的那天开始
就将嘹亮散发给社会

它是打工仔梦想的脚手架
支撑起一座坐落打工仔心中的大厦
与品件铆定在梯级上
一步一步登上用户心中的颁奖台

它与汗水交融
助推老板的档位到成功的位置

拿捏企业的信誉
和品牌的亮度
方向盘就在你手中

小工匠

她要将一块块生硬铝锭
及自己的构想推进熔炉
吞进肚里
消化成早晨的红霞

将自己积累的知识和经验
灌进模仁
让企业的信誉定形我们的手心

那成事在胸的信念
已在重力的铸造之下
成了人类的细胞
走进每家每户

一件银光闪闪的品件

所孕育的是给我们鼓励的掌声

钻孔与攻牙机

她要用自己的心思

植入钢铁体内

旋转出一圈圈牙齿印

拧紧配件和社会的关系

我沿着螺丝钉的螺旋轨迹

踏入爱的深度

尽管生活还有很多坑洼

但我已与爱的轴承连接在一起了

产品的故事将她包裹好

已邮寄到很多人的耳朵里

工厂的秉承

从一个加工棚
到一栋厂房
喜三洋踏着童真走向成熟

从一台机器到设备多样化
磨损了二十年的岁月
我们的希望也磨得越发光亮

我们秉承着匠心
设计和制造"喜三洋"的企业灵魂
让所有的零部件
都背带着工人们的心血走向社会

工厂那些人

转眼已20岁年纪
他们与隆隆的机器声
联姻成韵律

长满老茧的手掌
像是用汗水铸就的宝典

月圆之夜
他们总低头在倒影寻找乡梓
估计,长满蒿草的老屋庭园
及锈迹斑斑的门锁,已圈锁下思绪
踱步于惦念的围墙之内

思念,就像一盏不眠的灯
照着前方

也照着父母遥望的眼神

机器旁的操作手
从黄花姑娘和帅小伙
已到了额飘雪花的季节

她们的手掌,像一枚枚印章
盖在岁月的诗篇上
授权一首诗
收集他们日子里的酸甜苦辣
酿造一杯家乡的浓酒

西溪古村的香与茶

在西溪古村的时光里散步
一炷香,袅袅升腾着岁月的思绪
一杯茶,氤氲着生活的温度

香雾缭绕,古村如梦如画
青石板路印刻着往昔的繁华
老墙斑驳,讲述着悠悠往事
一生的缘,在此悄然种下

燃一炷香,让心灵宁静
在夜晚安睡,梦入古村的怀抱
月光洒在雕花的窗棂
星辰聆听着历史的歌谣

一杯茶,品味人生的甘苦

古村的炊烟，温暖了漂泊的脚步
拥抱整个生活，沉醉在这方净土
西溪，你是心灵永远的归宿

风过街巷，花香满径
古村的故事，永不停息
在这香与茶的交织中
我找到了灵魂的栖息

元妙观

在惠州西湖的北岸静立
元妙观,岁月的沉淀之地
历史的风轻轻拂过
诉说着千年的神秘

红墙黛瓦,古韵悠悠
香火袅袅,萦绕心头
道的智慧在这里深藏
宛如繁星,璀璨而悠长

观中岁月,宁静而安详
尘世的喧嚣被隔绝在墙外
每一寸土地,每一片瓦当
都承载着信仰的力量

阳光洒下，光影交错
元妙观的轮廓愈发清晰
它是心灵的归所
是灵魂的栖息之地

在这里，时光仿佛凝固
道的真谛，在心中永驻
元妙观，永恒的守望
伴惠州，走过风雨无数

诗意坪山

在东部的璀璨明珠坪山
变化如梦幻之舞翩翩
大万世居的古朴浑厚
诉说着客家的岁月悠悠
那方形围屋的四百余间房
承载着历史的沉淀与希望的光

坪山图书馆螺旋上升
知识的宝藏在其中暗藏
落地玻璃幕墙闪耀光芒
书籍的海洋引领我们航向远方

坪山大剧院如方盒伫立
艺术的魅力在此凝聚
一场场精彩的演出

奏响文化的旋律在心底留驻

马峦山郊野公园的翠色
是大自然最美的画作
瀑布群如银河飞落
水花溅起生命的欢歌

坪山河湿地公园的宁静
母亲河孕育着勃勃生机
绿地与流水相映成趣
城市与自然和谐相依

坪山中心公园的青绿
是生活中的诗意栖息地
游人与候鸟共享这美好
心灵在此刻得到慰藉

坪山，你这神奇的地方
特色景点如繁星闪亮
日新月异的发展步伐
迈向未来，书写辉煌篇章

叶秀珍：东纵的烽火英雄

在一个叫碧岭的村庄
1929年的冬日，您降临人间
四年教育的滋养
唤醒您追求正义的心愿

1942年，战火纷飞的岁月
您毅然投身东纵游击队的行列
从此，军装上有您的热血与汗水
烽火中，有您无畏的身影摇曳

每当提及那段往事
您眼中重现战火的壮烈
身着军装，激动难抑
往昔的豪情在心中永不熄灭

您是时代的巾帼英雄
用青春谱写抗争的战歌
岁月流转,精神不灭
您的故事在历史长河中永不褪色

叶秀珍,东纵的女战士
您的名字,闪耀着红色的光泽
激励着年轻人,勇往直前
传承那炽热的信念与胆略

飞云峰上笛声绕

她要将人间的故事
告诉神仙

神仙从云鬓中
走下舷梯
欣赏
从山顶垂涎而下的自然之美

揽群山
若滔滔绿波荡漾
驾祥云，飘飘欲仙
观日出
一轮金球伸手可摘

怀中竹笛

从指间弹出的音符
将山谷和我都灌醉了

1296米高罗浮山
将我举起在云端
笛孔漏出的渴望
已染上云彩的迷茫

马峦山郊野公园（外二首）

我们顶着蓝天上的白云
来到了碧岭

于是，飞泻的瀑布
发出欢乐的笑声
将我们相拥

城市的喧嚣
冲冲忙忙的脚步
抵挡不住的生活压力

我们多么想
像马峦山中的一颗小草
有露水的滋润，新鲜的空气
还有带彩的阳光

让风抚摸着我的心

坪山河峡谷

穿过横坪公路
进入峡谷
飞泻的瀑布
哗啦啦跳跃着

它要将心中的喜悦
告诉丛林，告诉绿叶
它要将流淌的音符
和虫儿鸣唱，鸟儿欢歌
让山里的负氧离子尽情释放

城市高楼张望
街道悠长
寻一方净土，揽一方清凉
归零的内心毫无波澜
翠竹，小草散发幽香
一滴滴清泉从山涧弹出
汇入大海，再掀波澜壮阔

碧岭瀑布

在坪山碧岭的深情怀抱之中
瀑布宛如一条璀璨的银链垂落苍穹
水幕奔腾呼啸,奏响雄浑壮阔的乐章
飞沫如烟似雾,迷蒙了时光的瞳

飞溅的水珠恰似顽皮的精灵跳跃
在温暖的阳光里绘出绚丽七彩的梦
那潺潺的水声悠悠倾诉着古老的故事
穿越悠悠岁月,轻轻拨动心弦的弦动

碧岭瀑布,你是大地书写的豪迈诗篇
灵动的韵律让人心醉神迷,如痴如疯
我静静站在你的面前
感受着喧嚣世界之外的宁静与美浓

清风温柔为伴,绿树亲昵相依
你的壮美永恒镌刻在这山川之中
每一次的飞落都是激情四溢的狂热舞蹈
每一缕水雾都是诗意浪漫的温馨栖息

坪山碧岭瀑布啊

你是大自然慷慨馈赠的神奇礼物

让我的灵魂在你的奔腾喧嚣中沉醉

永不停息,永不离去,伴你春秋与冬夏,风雨亦晴空

下浪村的溪流

一条弯弯曲曲的溪流
带着凉爽的风
从罗浮山下浪村前绕过

细沙,鹅卵石
与溪水纠缠不清
一张张帐篷
一张张桌椅
在溪流中列队接受洗礼

两岸的竹林浓密
宛若一把把张开的绿伞
给原始的思绪乘凉
让即将奔赴梦境的遐思休养生息

下浪村的男人女人
随缓缓流淌的泉水
浅握清风

六月的雨

六月的天
一会雨，一会晴
像舞台银幕
周而复始的给心扉开幕和闭幕

散落在工厂棚顶上，叮咚叮咚
赋予劳动者的进取节奏感
就像钢琴家的指尖轻轻滑动
扣人心弦

伴随着隆隆机声的旋律
与工人劳作声
合奏生活交响乐

一名湘南汉子

在深圳的职场上
不知不觉中,已完成了
青丝转变成白发的过程

腰杆子,被夕阳压成弧形
像一个插秧者
在社会的大田块上
为他的儿孙们播下了因果

松山湖笛声扬

湖面白鹤掠飞
与波纹亲吻
他要将心中的故事
溶解在水里,下沉给鱼儿

假日,人们在湖岸流连忘返
似乎已忘记了
用汗水兑换生计的过程

一支短笛
在湖畔林间与鸟语演绎五彩缤纷
笛孔发出的韵律
陶醉了湖波和我……

罗浮山麻姑仙度假山庄

在时光的褶皱里

遇见罗浮山麻姑仙度假山庄

青山环绕，绿影摇曳

是自然写给心灵的诗行

晨曦透过树叶的缝隙

洒下细碎的光芒

鸟儿欢唱，清风送爽

唤醒沉睡的梦想

山庄的小径蜿蜒

通向未知的静谧与安详

花丛绽放五彩的笑靥

芬芳弥漫在每一寸时光

晚霞映红了天际

湖水泛着金色的涟漪

坐在湖边，思绪飘荡

心与天地相融，忘了尘世的繁忙

麻姑仙的传说在山间回荡

神秘而又令人向往

在这里，岁月放慢了脚步

让灵魂得以栖息，自由飞翔

夜的帷幕落下

繁星璀璨如宝石镶满天空

山庄的灯火温暖

陪伴着每一个甜美的梦

罗浮山麻姑仙度假山庄

你是心灵的避风港

是疲惫灵魂的归宿

是永恒的宁静与欢畅

冲虚古观，岁月的吟唱

罗浮山下，冲虚古观
是岁月沉淀的一座宝藏
古老的建筑，像岁月的雕塑
承载着千年的风雨和阳光

庭院深深，似历史的回廊
漫步其中，感受那古老的磁场
风，吹过飞檐下的铃铛
叮当声唤醒沉睡的时光

那朱红色的门扉
是通向神秘的入口
背后藏着多少故事和希望
葛仙祠里，葛洪的气息似还在飘荡
炼丹炉的余温，温暖着信仰

冲虚古观，你是一首古老的歌
在罗浮山的怀抱中缓缓吟唱
我愿沉醉在你的旋律里
让灵魂，沐浴在历史的光芒

喜三洋厂区随笔（组诗）

锌合金的璀璨之旅

锌合金，与压铸机联姻拥抱
开启一场奇妙的冒险
经受起四百多摄氏度高温考验
锌锭，如雪花般融化成希望

巨大的压力，是神奇的魔法棒
塑造出一个个梦想的形状
一件件锌合金件
榫合成工厂，家庭和社会的轴心

看那锌合金压铸产品
线条流畅，如艺术品列队走过

钢铁似的意志

从细腻的质感走出，令人着迷

打磨，抛光，那是温柔的抚摸

抚平岁月的粗糙，露出华彩

CNC加工，精准的雕琢

每一处细节都显出匠心的痕迹

从深圳这座创新的城堡出发

融汇到高科技的舞台

如星星般闪耀，璀璨夺目

演绎着属于制造行业的传奇故事

龟池闲趣

工厂后院，龟池里几只乌龟

时而缩头和探头

尽情享受厂区里绿化成野的风光

与机械声缓缓交换着生命的气息

它们爬上晒台，在阳光下

闭目养神，仿佛在为下班的队伍
示范忘却疲劳的样板

龟壳上，镌刻着一幅八卦图
在岁月的沧桑之中
刻画出坚定的力量和生命的篇章

它是工厂的宁静一隅
带来别样的生机与希望之光
让忙碌的人们，停下匆匆脚步观望
在乌龟的悠然里，寻得心灵的归乡

责任之光

在时光浩渺的航道上奋力前行
企业宛如一艘巨轮破浪远航

那是永恒不变的信念
永远战战兢兢地怀揣敬畏
永远如履薄冰，谨慎丈量每一步及至远方

管理员,恰似睿智的舵手引领航向
那锐利的目光,洞穿瑕疵的藏身地
纠正起跑线上的每一次偏航

肩负重任,不敢有丝毫的怠惰与彷徨
每一个决策都如璀璨星辰熠熠生光
为了企业的辉煌,日夜兼程奔波繁忙
责任在肩,担当有我,誓言如烈焰滚烫

企业团队,犹如兄弟携手
无畏无惧,毅然挺起钢铁脊梁
朝着梦想的海港奋勇启航
用汗水浸浓他们递给社会的情感

锉批锋之光

看那锉刀与批锋激烈相逢
火花如星点,在竞争激烈的舞台上闪烁

锉刀来回游走,沙沙作响
金属粉末飘落,似在向顾客发布优质的誓言

细心打磨，不放过一丝差错
这锉批锋，是对瑕疵的宣战
是力争完美的一个缩影

工作虽单调，却从不寂寞
心中有团燃烧热情之火
煅烧成劳动者的灵魂
煅烧成我们向大众
许下的铿锵有力的承诺

喜三洋之光

喜三洋，精工铸造的传奇
在岁月的熔炉中，铸就辉煌
锌合金与铝合金的融合
是科技与艺术的交响

世界品牌，闪耀光芒
专注的力量，无可阻挡
复杂多变的市场如汹涌海洋
你们砥砺前行，乘风破浪

每一次铸造,都是心血的倾注
每一个产品,都是梦想的托付
人文精神,是你们的导航灯塔
书写时代新篇,步履从未停下

在挑战中崛起,在困境中奋发
喜三洋的名字,镌刻在高峰之上
未来的道路,或许曲折漫长
但信念的火焰,燃烧永亮

用品质说话,让世界聆听
喜三洋,向着明天,展翅翱翔

第三辑 诗茶雅韵

遇见风遇见你

我站在海边与风相遇
也遇见了随风而来
抚摸着我的心的你

那年，穿着洁白连衣裙的少女
在沙滩上行走
风吹乱了她的头发
裙子也被吹得轻飘飘
仿佛是一个在海边踱步的仙女

你踩在细软沙滩上
两行脚印
深陷在沙子里
也深陷在我的心中

你低头含笑的样子很甜
就像果子熟得若滴
含情脉脉的
垂向沙子洁白无瑕的爱

你回头的那一瞬
已在我的记忆里打下了一根
无法拆除的桩柱

钓

将钓

植入水中

鱼见饵不知其钓

食之

被钩上了

谓之为上钩

鱼不服

与钓打起官司

鱼钓各执一词

难辨是非

然法官曰

钩者无鱼,鱼者无钓

鱼何食之

故清廉者守住心免其贪

同出一辙

牵着小狗去练笛

昨天
从文友家牵回一只小狗
狗名叫莱西

送别时依依不舍
他还带着儿子在门口目送
而莱西则一步三回头
这个画面
被情感驱动着走进我的肺腑

小狗来到新家
一个工厂的院子
在陌生环境,它启动了它的亲和潜质
摇摆起友善的尾巴
重新打理人际交往

窗外，枝头上的小鸟
叽叽喳喳地念着欢迎辞

我习惯性早晨练笛
于是牵着小狗做伴
感觉特别愉悦，这个早晨
我与狗在演绎世间大融合

牛

夕阳下几头黄牛还在山坡上吃草
为反刍无限好的时光
它们储足了天然的养料

不远处的农家乐餐厅
锅碗瓢盆正在上演交响曲
香味弥漫整个山岗

牛依旧在吃草
仿佛是要将夕阳里的最后一道金光
填满一个整夜

夜

天空被一层幕布遮盖
蝈蝈开始鸣叫
只有石头依旧沉默
牛棚里牛半眯着眼反刍
村子里的狗叫醒了大山

星星眨着眼睛
用它那柔弱的光
抚摸我依然跳动的胸肌
摸摸脖子上的头
还在
原来黑夜只是覆盖着我的视觉
并未删掉我的冥想

晨韵

太阳在云朵里

偷窥罗浮山

我沿一条小河顺流而上

臆想着与太阳的眼神汇合

捉到躲在雾霭中罗浮山

河水清澈透亮

像女人的笑脸

哗哗啦啦的流淌着山沟里的故事

我持一支短笛

与青山迎接晨光

将心中的喜悦

从每一个笛孔里吹出

在长音、单吐、双吐

还有花舌、滑音、悠扬顿挫

释放给大山

甚至将我的灵魂融入山韵之中

让这里的原始之美

净化出一个纯洁的我

竹韵

竹子是空心的
却有着坚韧不拔的性格
他对每一次成长
都会留下一节一节印记
与世间打个未了之结

竹子，总是抱在一起
他就像一个小家庭
根连着根血脉相依
竹子虽然空心
但他却一样的同心
根系相连枝叶相依

竹子的生命是短暂的
也是漫长的

但无论是短暂还是漫长的生命
总是奋发向上高风亮节示人
无论是年长还是年少
总是用青枝绿叶
展现其青春靓丽呈现世界

竹子是风骨的
有阳光共同相迎
有风雨团结抵抗
哪怕是风霜雪雨压弯了腰
总是默默地忍受着
直至骨折也要发出美妙的音符
竹报平安

那年的书信

那年的书信
折叠着许多故事
隐藏于字里行间
字字句句
常常在梦里与我碰面

她是心灵的窗口
进进出出的都是情感的信号

记得
在我入伍前的那个晚上
星星围着月亮
一起向我递出勾魂的眼神
紧紧地看守着我的情感
不许它跑出家乡的怀抱

蝈蝈在歌唱
那节奏，就像你的心律跳动
我听见了你心中
咚咚咚的，爱的呼唤

你含羞的笑容
随我入伍
如春风化雨
滋润了我干涸的心田

我遇见你

有一种遇见
在不经意间擦出火花
就那么一瞬
却烙在记忆里挥之不去

有一种遇见
叫不期而遇
犹如人间卯榫
卯定双方的志趣在一条线上

有一种遇见
像一首情歌
你是曲，我是词
彼此之间填补成怡动的心律

无论哪一种遇见

都是上天的恩惠

值得拥有，值得珍惜

值得你我永久惦念

蓝莓

蓝莓园，像无数蓝色的瞳仁
点缀着一山比一山娇

蓝莓树枝上
垂下成熟的宣言
向土地涎滴甜言蜜意

戴着草帽的人
一边品尝一边采摘心中的喜悦
树上的鸟儿
也在鸣唱蓝莓子
给它们灌下的一首甜甜的歌

沉默的时光

岁月在我身上蒸出雨水
天空着墨
蓓蕾揽紧灿烂的未来
躲避雨水的溅滴

微风绕莲香
世事漂浮无常
看淡浮世繁华
诚守一本真心

心有
山水不造作
静而不争远是非
且行　且忘　且随风

想你在梦里

我在茶的馥芬里
细渗着我们相逢的故事
那些简单的言语
在心海中悠然成章
像温柔的摇篮曲

窗外的风
将莲香灌进我的心房
煽情的蛙鸣
伴着月光缓步到床前
为我的思念添上玉洁

想你，日复一日叠加上思念的厚度
你人不在

但你的影子

整夜霸占了我的梦境

晌午的雨

闷热的午后
天空激动不已,雷电交加
用雨滴写信
将滋润寄往大地
蓓蕾饱含爱意
品读雨露情长
将山峦陶醉成摇头晃脑的翠绿

浓茶浅读

不动声色中
绿叶微风裹身
木屋的茶香窗外巡游

笛箫在凤鸣声中
悠扬顿挫
诗茶雅韵煮风流
你我已融入了一首诗
无须救赎

边城诗意（组诗）

边城

一只小船
将翠翠的故事
让边城给灌醉

一只黄狗
还有划船老人
在倒影下与水融合成一个家
续写边城的人间烟火

抬步跨三省
拉拉渡口，山河秀丽
雾连湖南贵州重庆

在沈丛文的妙笔走出另一番感觉

初夏
河岸边，荡漾着心中的故事
来与不来我在等你

茶峒

一条古道
穿过茶峒小镇
像一条历史的轴承
驱动着梦想的车轮转过千年

一艘小船装满情愫
徜徉着边城的许多故事
砌叠成鸡鸣三省的啼明

石板街巷
窈陷下多少豪杰的脚印
踏出一道道凹槽
沉积下的过往
叠成敲人心肺的谜团

令人向往

一座座吊脚楼
站立河岸，将身影伸进水下
打捞缀连着心愿的圆月

阁楼上倒吊着的渔仔和红薯
还有红红火火的辣椒
正如一幅古老的心电图
显示历史的脉动
依旧还在朴素地跳动

翠翠岛

边城，也叫茶峒古镇
河道像古镇伸出的手臂
抱着翠翠岛
犹如抱着一艘满载历史的小船
在倒影下隐隐发光

晨曦初露
成千上万只白鹭

在河面滑翔嬉戏

宛如一首自然生成的诗

翠翠居艳遇

我们只是同一个心愿

追寻翠翠的踪迹

在水云涧

小屋、蓑衣、玉米棒、斗笠

还有几串腊味

翠翠就雾踞这山中

有人扶着窗棂呼唤

翠翠你在哪里

我在等你……

呼唤声卷起那苍白如霜的胡须

撒满前方

也许是上天的安排

有双姊妹从石阶而上

扎着小辫

一袭素颜，丽质天生

虽不是翠翠

却貌美如玉似花

她们缓缓走过

仿如五百年前溜过我身旁的微笑

把我的心揉醉

铜仁大峡谷（外一首）

莽莽群山

劈成一条缝隙

沟谷深邃

抬头

只见一帘幽梦从天而降

峡谷天堑鬼斧神工

飞瀑直下

水珠滑落似梦幻

在阳光下五彩斑斓

带着恐高症的老伴

爬行峭壁

被惊险吓出一路哭声

我将她搀扶着

走向夹道欢迎我们的夕阳红

铜仁大峡谷飞瀑

山崖
沉默了亿万年的情怀
被飞瀑纵情的宣泄
鼓荡在山谷间，隆隆遣声

阳光下的水花
梦幻般的赤橙黄绿青蓝紫
是在向尘世
铺垫多姿多彩的传说
还是在等待
一个承诺的归来？

被岁月雕刻成峻奇的山石
精致中包裹着坎坷
冷清的峭壁
让大自然摆布成世间别样的精彩

而我的柔肠

已将溪流掀起的抒情
一寸寸地卷入
人生喜剧的彩排之中

芳华

那年，穿着一身戎装的我
挥手向立在村头的母亲
告别
满眼泪水的母亲
用衣襟不停地擦着眼角

军号嘹亮
立正、稍息、单双杠
训练课目
让漉漉的汗水浸透
为长城添一片砖瓦
使命在前

想起年迈的父亲
抱病的老娘

激动、思念、惆怅

披着南海晨风
迎着海上朝阳
让军旗高高飘扬

如今，目送儿子入伍的场景
又像复制机那样在我身上重演
在建军97周年之际
尽管两鬓染上白发
我依然豪迈地说青春无悔

香

香,是岁月的低语
在时光的角落悄悄弥漫
它是花朵绽放的秘密
是微风拂过的诗篇

香是记忆的钥匙
轻轻开启往事的门扉
母亲厨房里的烟火香
带着家的温暖和安慰

香,是心灵的慰藉
在疲惫时送来宁静的拥抱
书墨的香,沁人心脾
引领思绪飞向智慧的云霄

香，是爱情的呢喃
玫瑰的芬芳倾诉着眷恋
恋人发间的幽香
让心动的瞬间永远保鲜

香，是大自然的礼物
雨后青草散发着清新的甜
森林的木香，深沉而悠远
让心灵在广袤中找到归岸

香，无形却又真切
萦绕在生命的每一个瞬间
用它细腻的笔触
描绘出生活绚丽的画卷

立秋

今日立秋，时光的笔触轻轻勾勒
风悄悄换了节奏
不再是夏日的热烈狂舞

阳光依旧洒下
却多了几丝温柔的轻抚
树叶微微颤抖
似在准备着与秋的密语

清晨的露珠，晶莹如梦
凝结了夏夜的思绪
在草尖上，闪烁着秋的预告

天空湛蓝如宝石
云朵像棉花糖般飘浮

变换着形状，宛如秋的使者

田地里的庄稼逐渐成熟
金黄与翠绿交织成画
农夫的脸上，写满期待与希望

立秋的旋律，在心底奏响
让我们告别盛夏的喧嚣
静静聆听，秋意慢慢走来的脚步

《梅花三弄》的回响

在时光蜿蜒的长河回溯
2024年8月22日,星期四的幕布拉开
恒伊的笛音,如夜莺啼啭
为徽之奏响《梅花三弄》的华章

音符似灵动的彩蝶翩翩起舞
在心灵的浩渺夜空璀璨绽放
那旋律,如温暖的春风轻拂
编织着深情厚意的锦裳

一曲梅花,三重乐章
像奔腾不息的浪涛,层层激荡
恒伊的才华,似璀璨的星辰,熠熠闪烁
友谊的温暖,如永不熄灭的篝火,烈烈燃放

回忆如诗，音韵如画
梅花的芬芳，如梦幻的轻纱，弥漫天涯
让我们聆听，那远古的倾诉
感受真情，在岁月中生根发芽，绽放如花

马鞍峰

它从地平面凸起
形似马鞍
傲视蒸水腹地

当霞光还没有冲出云雾
你却被玉带缠着腰
将翠绿的衣裳衬托
青翠欲滴

荷花莲叶散发芳香
稻穗沉甸甸
相映而成的图景
原来是朝人们心中奔驰的一匹悍马

龙中间

在时光的长河中徘徊
我走进了龙中间
那是一片神秘的领域
云雾缭绕，如梦如幻

传说在此处栖息
龙的身影若隐若现
风声中似乎回荡着龙吟
震撼心灵，穿越千年

古老的力量在土地下涌动
山川是它的脊梁
溪流是它的血脉
草木因它而充满生机

我站在龙中间
感受着神秘的气息包裹
思绪飘荡在未知的边际
探寻着那隐藏的奇迹

龙中间，是灵魂的栖息地
是梦想与现实交织的幻境
让我沉醉，不愿离去

聆听自然的旋律

听,它在一朵云的飘移里
描绘着天空的画卷
它在一缕阳光的温暖中
诉说着生命的璀璨

听,它在一片雪的飘落中
舞动着冬天的梦幻
在一朵花的绽放里
洋溢着春天的浪漫

它是一缕清风
它是一抹晚霞
它是潺潺的溪流
它是郁郁的青山

它在自然的怀抱中

奏响着永恒的乐章

让我们侧耳倾听

感悟这世界的美妙诗行

后 记

当《诗韵拾光》完稿付梓时，我心中不禁感慨万千。因为这既是我创作生涯中的一本诗集，也是承载着我半生之中对生活的感悟的一本诗集，所有选进这本诗集中的诗表达了我对自然的热爱以及对子孙后人的殷切期望。

我自幼便对文字有着特殊的情感，喜欢用简单的语句记录下生活中的点滴美好。回顾自己走过的岁月，诗歌仿佛是我生命中一道璀璨的光，照亮了前行的道路。随着岁月的流逝，这份热爱愈发深沉，诗歌成为我表达内心世界的最佳方式。

大自然是人类最伟大的艺术家，它以鬼斧神工之笔勾勒出一幅幅壮丽的画卷。这本诗集中的作品，大多是对山水自然景观的描述。诗是一幅画，诗是记录回放器，在我的诗歌中，能够看到我曾漫步在山间小道，感受着清风拂面，聆听着鸟儿的歌声。那郁郁葱葱的树木、潺潺流淌的溪水、巍峨耸立的山峰，都让我陶醉其中，激发了我无尽的创作灵感。在我的诗中，大自然是有生命的，它可以倾诉、可以抚慰、可以启迪。我爱自然、我爱祖国、我爱祖国的大好河山，我希望通过这些诗歌，让读者们也能感受到大自然的魅力，唤起大家对自然环境的保护意识。

除了山水自然，诗集中也有不少篇章记录了我的心路历程。人生之路并非一帆风顺，我们会遇到各种各样的困难和挑战。在那些艰难的时刻，诗歌成为我心灵的寄托。我用诗歌抒发自己的情感，表达对生活的热爱和对未来的憧憬。这些心路历程的诗歌，或许没有华丽的辞藻，但却充满了真挚的情感。它们是我人生的见证，也是我成长的足迹。

在这个物欲横流的时代，我常常思考着如何给子孙后人留下一些有价值的东西。改革开放以来，我们的国家进入了高速发展的通道，四十多年的发展，物质丰富，国家日益富强，人民生活水平不断提高，只是物质水平的改善，精神世界的发展却出现了滞后。我写诗歌，有时刻意地写一些自己的感悟，传递了一种积极向上的生活态度和价值观。我希望我的诗歌能够成为家教家风传承的一些絮语，让我的子孙后代享受到一份精神财富，让他们在忙碌的生活中停下脚步，静下心来感受诗歌的美好。我希望他们能从这些诗歌中汲取力量，勇敢地面对生活中的困难和挑战，追求自己的梦想。同时，我也希望他们能热爱大自然，珍惜我们的地球家园，更为他们的子孙后代留下一个美丽的世界。当然，我更希望他们能够传承和发扬诗歌文化，让诗歌的魅力在岁月的长河中不断绽放光彩。

尽管我喜欢文字，愿意用文字来表达我对生活的热爱，但是对于诗歌，我却是一个初学者，为了让我的诗歌尽可能地得到大家的喜欢，我在创作过程中不断地探索和尝试新的表现手法。我努力使每一首诗都具有独特的风格和韵味，让读者在阅读的过程中能够感受到诗歌的魅力。在语言上，我力求简洁明了，用最朴实的语言表达最深刻的情感。我相信，真正的好诗不需要华丽的辞藻来修饰，而是能够触动人们的心灵，引起共鸣。

在这个喧嚣的世界里，我们常常被琐事所困扰，忘记了生活的美好。诗歌就像一股清泉，能够洗净我们心灵的尘埃，让我们重新找回那份对生活的热爱和对未来的憧憬。而我读书时，特别是读诗歌时，我往往会沉浸在书中，进入到诗人描写的意境中，恍然之间，仿佛打开了一扇通往诗意世界的大门。在这里，我们可以看到大自然的美丽与神奇，可以感受到诗人内心的情感波澜，可以领略到诗歌的独特魅力。每一首诗都是一个故事，每一个故事都蕴含着深刻的人生哲理。让我们用心去品味这些诗歌，去感受诗人的心灵世界，去探索生活的真谛。

回顾这本诗集的创作历程，我深感自己的渺小和不足。诗歌是一座无穷无尽的宝藏，我还有很多东西需要学习和探索。但我相信，只要我坚持不懈地努力，就一定能够创作出更多更好的作品。我也希望更多的人能够加入诗歌创作的队伍中来，用诗歌记录生活，用诗歌传递情感，用诗歌点亮人生。

《诗韵拾光》这本书能够得以顺利地交稿，得益于许多文朋诗友的支持和帮助。特别是广东恩平市朱池德老师，他是诗歌界的前辈，创作经验丰富，在我整理诗集的时候，他细心周到地给我指导。正是因为有了像朱老师这样一些热心朋友的鼓励和建议让我更加坚定了把诗歌展示出来的信心。在此，我要向他们表示衷心的感谢。特别要感谢我的家人，他们一直以来的支持和理解是我创作的动力源泉。没有他们的陪伴，我不可能完成这本诗集。

诗集虽然出版了，由于我的水平有限，难免有粗糙之处，但是这是最真心的心灵表达，希望大家更多的是担待与宽容，同时，我也希望这本书能够给喜欢书的人带来一些启示和感动。诗歌是一种超越时空的艺术形式，它可以跨越语言和文化的障碍，传递人类共同的情感和价值观。在结束这篇后记之前，我想再次感谢每一位读者的支持和关注。你们的鼓励是我前进的动力，你们的批评是我进步的阶梯。希望我们能够在诗歌的世界里相遇相知，共同分享生活的美好和快乐；希望你们在阅读这本诗集的过程中，能够收获一份美好的心情，感受到诗歌的魅力。同时，也希望你们能够将这份美好传递下去，让更多的人爱上诗歌，爱上生活。

在未来的日子里,我将继续用诗歌记录生活,用文字传递情感。我相信,诗歌的力量是无穷的,它可以让我们的生活更加美好,让我们的世界更加和谐;我相信,只要我们用心去感受诗歌的魅力,就一定能够在其中找到属于自己的那份温暖和力量。让我们一起在诗歌的海洋中遨游,共同创造一个充满爱和希望的未来。

诗人萩原朔太郎曾说,诗歌是诗人将自己的影子钉在月下土地上的行为,这样影子就不用时刻跟随自己了。

而我,却是想用诗歌,把我的影子,洒落在铺满阳光的土地上!

诗是一幅画，诗是记录回放器，在我的诗歌中，能够看到我曾漫步在山间小道，感受着清风拂面，聆听着鸟儿的歌声。